KB109365

꽃은 피고 핀다

꽃은 피고 핀다

발행일	2023년 08월 24일		
지은이	김현호		
펴낸이	손형국		
펴낸곳	(주)북랩		
편집인	선일영	편집	윤용민, 배진용, 김부경, 김다빈
디자인	이현수, 김민하, 김영주, 안유경, 최성경	제작	박기성, 구성우, 변성주, 배상진
마케팅	김회란, 박진관		
출판등록	2004. 12. 1(제2012-000051호)		
주소	서울특별시 금천구 가산디지털 1로 168, 우림라이온스밸리 B동 B113~114호, C동 B101호		
홈페이지	www.book.co.kr		
전화번호	(02)2026-5777	팩스	(02)2026-5747

ISBN 979-11-93304-21-1 03810 (종이책) 979-11-93304-22-8 05810 (전자책)

꽃은 피고 핀다

김현호 시집

북랩

| 드리는 글 |

30여 년의 군 생활의 푸른빛이 무지개색으로 변화하는 데는 20여 년의 세월이 흘렀다. 우리의 삶은 다양성과 다른 생각들이 섞어 혼밥의 맛이 있다는 것을 알았다. 다른 생각이 시를 통해 서로가 소통하는 쉼터가 되기를 바랄 뿐이다.

영감이 떠오르며 시를 쓰면서, 우리 사회에 아름다운 좋은 소식을 전하기 위해 '수원 e 뉴스' 출동 시민기자 활동을 통해 200편이 넘는 기사를 내보내며, 잠시 나그넷길을 가고 있다.

시 쓰는 날보다는 아름다운 좋은 소식을 전하려 애쓰다 보니, 2019년에 1집을 발간하고 4년이 지나 시집 2집을 뒤늦어 출간하게 되었다. 성취욕이 강한 마음이 있어, 시기적절하게 자연의 아름다움, 꽃의 향기, 역사의 현장, 전설 같은 이야기들을 대중에게 전하는 글을 쓰는 것도 보람이 있었다.

그러나 '시'는 시간의 다툼이 없어, 쓰다가 쉬어갈 수도 있고, 내버려 두었다가 엉뚱한 곳에서 연줄이 연결되어 더 좋은 시가 완성될 수 있어, 생이 다하도록 시는 쓰고 싶다.

시를 잘 쓰겠다고 욕심을 부리면, 채울 수 없다. 평가받기 위한 시를 쓰면은 마음은 괴로워지기 시작한다. 누구나 내가 쓴 글이 내 마음에 들며, 최고라고 말할 수 있다. 자기만의 시를 다섯 손가락만큼 가지고 있으며, 삶의 여백이 생기고 마음이 편하다.

사회생활을 하면서 '호'가 필요할 때가 많다. 필자도 시를 쓰면서 많을 다(多), 빛날 현(炫)으로 '다현', 시 외의 글을 쓸 때 새 신(新)과 길 장(長)으로 '신장'으로 표기하고 있다. 필자의 시를 감상하시는 분들에게 감사드린다.

| 목차 |

드리는 글 • 4

서문 • 10

반달 여인 • 12

행복의 꽃 • 14

한 발짝 늦는 것이 • 16

마음의 사랑 • 17

꽃 한 송이 꽃 • 18

뿌리의 행복 • 19

발자취 • 20

호랑이 힘찬 전진 • 22

공짜 인생 • 23

배려 • 24

채움 비움 • 25

생각의 마음 • 26

짙은 낭만 • 27

소유욕 • 28

사랑 빛 • 30

인생길 행복 • 32

발자취 • 34

뿌리의 행복 • 36

꽃필 때 • 37

마음의 사랑 • 38

무심 • 40

만남 • 41

거리를 두고 • 42

마음의 사랑 • 43

숲 • 44

집안의 정원 • 46

뒷모습 • 48

행복 • 50

쉼터 • 52
공평 • 53
창문을 열어라 • 54
행복한 한가위 • 55
화담 숲속 길 • 56
숲속 이야기 • 58
슬픈 사랑 • 60
봉선화꽃 • 62
겨울 남자 • 64
꽃향기 친구 • 66
구부려 • 68
꽃샘추위 • 70
뒷들 향기 • 72
평화 • 74
갈색 행복 • 75
가을 남자 • 76
찔레꽃 인생 • 78
석천 호수 • 80
총각이여 • 82
좋은 그릇 • 84
세월 • 85
작은 소망 • 86
작은 배려 • 88
좋은 생각 • 89
용기 • 90
빛과 음지 • 92
노을 멋 • 94
세월 길 • 96
정든 만남 • 98
연분홍 첫사랑 • 100
꽃 사랑 • 102
장미꽃 조심 • 104
보는 눈 • 106
가지 말라 • 108
夫婦 • 109
사랑의 선 • 110
무아지경 • 112
낮은 곳에서 • 114
공짜 인생 • 116
공짜 인생길 • 118
다 다른 변화 • 120
새옹지마 • 122
좋은 생각 • 123
노을처럼 • 124

노을빛 • 126
늘 행복 • 128
추운 겨울의 고독 • 130
동행 • 132
웃음꽃 • 133
美풍 • 134
용기 • 136
고래 • 138
낮은 곳 • 140
좋은 그릇 • 142
소리 • 143
봉선화꽃 • 144
인생길 행복 • 146
내 모습 • 148
노을 멋 • 150
맹 감 • 152
몰입의 행복 • 154
길 • 156
꽃필 때 • 157
정직한 아름다움 • 158
푸른 소나무 • 160
민 초 • 162
운때 • 164
나의 날씨 • 166
비 • 168
신축년 소의 해 • 170
물고기들 • 171
슬픔을 잊어야지 • 172
하는 일 • 174
태풍 • 176
한 발짝 늦는 것이 • 177
불타는 꽃 • 178
나무는 뿌리로 산다 • 181
단풍 세월 • 182
아름다운 걱정 • 184
채움 비움 • 185
새뜻한 마음으로 산다 • 186
변함없는 슬픈 솔 • 190
노을빛 사랑 • 191
세월을 사는 인생 • 192
진달래 꽃 연정 • 194
반달 여인 • 196
꽃 한 송이 꽃 • 198
수원e 뉴스 으뜸 기자 • 200

가시의 향기 • 201
단풍 세월 • 202
뿌리 권력 • 204
나의 길 • 205
마음 편하게 • 206
분홍 백합꽃 • 207
핸드폰 세상 • 208
법 없이 사는 세상 • 209
말 그릇 • 210
언행일치 • 211
순간 생 • 212

| 서문 |

인생길은 물정 모르고 40년이 지나가고, 세상의 위치를 알고 20년은 무거운 짐을 지고 힘들게 갔다. 나이 61세가 되면 모든 것을 이해할 수 있는 회갑의 나이가 된다. 이때부터는 황금의 세월로, 생각에 따라 길고 즐겁고 보람된 삶을 살 수 있는 나이다.

칠순은 강산이 일곱 번 바뀌었으니 세상의 모든 위치를 아는 고희다. 주변에 영원히 떠나가는 배도 볼 수 있는 시기다. 빈 마음으로 편안히 살 수 있는 것이 예술이다. 타고난 수명이 120이라는 숫자가 있다니, 즐겁게 살아가는 것이 삶의 아름다운 길이다.

사람은 소질과 특성이 다 다르다. 여기에 다 다른 경험철학을 가지고 있다. 자기에게 맞는 글, 음악, 미술, 조각, 등 나름대로 예술인이 되는 것이다.

글을 좋아하는 사람은 시, 수필, 소설, 소식 전달 등 자기 자신에게 맞는 글을 쓰며 산다. 그리고 노래, 악기, 그림, 여러 분야의 장인들, 운동선수 등 수많은 소질과 취미에 맞은 생활을 하는 것이 예술인의 삶이다.

사람은 움직이는 동물이다. 자연과 가까이하며 자연에서 얻는 것이 많다. 책상을 떠나, 시도 쓰고, 그림도 그리고 노래도 할 수 있는 힐링의 터전에서 활동하면 몸도 마음도 건강해진다.

필자는 글 대부분이 자연에서 나온다. 꽃, 나무, 산, 물, 강, 바다, 하늘이 시의 터전이다. 누구나 자연에서 제멋 서러운 글 써보는 것이 자연과 같이 살아가는 길이다.

반달 여인

꽃 중의 꽃 장미꽃
피고 지는데
신비로운 반달 여인은
꽃바람에 멋이 흐른다.

파란 하늘 아래
무지개보다
멋이 흐르는 빛
아름다운 맵시에
고상하고 세련된
멋 트인 반달 빛

가려진 모습이 보이며
스쳐보아도
어울림이 피는 멋

동그라미 그려가며
생긋 미소 초승달 눈빛
신비로운 반달 여인
오늘도 만난다.

행복의 꽃

해님과 친하고 비바람 맞아
꽃송이 피어 임 만나니
벌 나비 사랑
고맙고 눈물겨워서
사랑 꽃폈네

꽃 한 송이 예쁘게
피우기 위해
무엇을 할까?

매일 피는 꽃 한 송이
오늘은 무슨 색 꽃필까?
매일 보아도 기분 좋은 꽃

보기만 해도
기분 좋은 꽃 한 송이

오늘도 피는 꽃
만나니 행복하네

한 발짝 늦는 것이

운동장에서 노는 것을 보니
철봉 잡고 개구리 춤추고
축구공 차며 넘어지고
그 시절 생각이 난다.

나이가 지워진다….

새싹들의 생동감이
눈으로 들어온다.

한 걸음 늦게 가는 것이
나이를 까먹고

한 발짝 늦는 것이
삶의 길을 늦춘다.

마음의 사랑

생각의 마음
마음으로 만나다가
마음뿐인 사랑

모습이 아름다워
마음이 예뻐서
심성이 좋아서

사라지면
마음이 아플까?
바람처럼 지나갈까?
기다림이 생길까?

구름은 흘러가고
바람은 멈춘다.

꽃 한 송이 꽃

해님을 보고 비바람 속에
꽃 한 송이 피어
임 만나는 벌 나비 사랑
고맙고 눈물겨워서
사랑 꽃피었네

꽃 한 송이 예쁘게
피우기 위해 무엇을 할까?
매일 피는 꽃 한 송이
오늘은 무슨 색 꽃필까?

매일 보아도 기분 좋은 꽃

보기만 해도
기분 좋은 꽃 한 송이 꽃

오늘도 피는 꽃
나비처럼 만나니 행복하네

뿌리의 행복

둘의 인생길
비바람 불어도
쉼 없이 살았던
여보 와 나

나무뿌리가 되어
낳고 또, 또, 낳아
기르고 가꾸니
세 그루 나무가 되어

아직은 열매 두 개만 열려
금이야 옥이야 사랑받으니

보기만 해도
기분이 좋아 살맛 나네

뿌리가 나무 키우고 열매 열리니
삼대가 그저 오늘 행복하네!

발자취

살아온 발자취
눈을 감고

천천히 간 시간
동심이 떠올라
꽃구름 만들며
향기에 젖어 든다.

빨리빨리 간 시간
고마움 순간들
망각으로 지워져
향수에 젖어 본다.

추억의 향연
잎 없는 꽃을 보며
마음을 비우며

천천히

여백

여유 속에 간다.

호랑이 힘찬 전진

임인년 검은 호랑이
으뜸 해

줄무늬 용맹한 힘찬 발걸음
멋 트인 모습 멋지게 살아가세

나쁜 것들아
힘찬 호랑이 왔으니
알아서 물러가라

호랑이 기운 받아서
면역력을 강화하여
코로나 물리치고
힘찬 모습으로
건강의 해 이룩한다.

공짜 인생

세상은 공짜는 없고
욕심은 끝이 없는데
서향 빛이 비친다.

희망길은 간데없고
건강길에 서 있다.

숲길에 들어서니
친구 소나무가 인사하고
다람쥐가 나 잡아봐
산새 그냥 노랫소리와
야생 꽃향기에 젖어 든다.

산책길 쉼터 공짜 인생길
욕심은 간데없고
가벼워진 몸
마음이 편안해지네

배려

수많은 나무가 봄을 기다려
따사한 바람이 불어오며
초록의 신록을 다 다르게 예쁘게 샘솟는다.

수많은 잎은 서로 겹치지 않고
여백 속에 푸르다.

여백으로
파란 하늘의 해님을 본다.

수많은 사람의
생각, 말, 행동
다 다르니

수많은 잎처럼
여백을 만들며
배려 속에 둥글게 살자

채움 비움

생은 흐르다

감나무 해거리하고
호랑이 배부르면 쉰다.

채움의 욕심 넘쳐도
비움이 없는 생은
고뇌 속에 생이 멈추다.

가벼운 몸으로
상쾌하고 편안하게 살자.

생각의 마음

마음으로 만나다가
마음뿐인 사랑

모습이 아름다워
마음이 예뻐서
심성이 좋아서

사라지면
마음이 아플까?
바람처럼 지나갈까?
기다림이 생길까?

구름 속에 잠긴다.

짙은 낭만

파랑이 세월 타고
단풍잎 되어가니
울긋불긋
아름답다 했더니
낭만의 가을
추억이 샘솟는다.

나뭇잎 떨어지기 전에
감 따 먹고 살 테니
낙엽아, 조금은 기다려라

짙은 낭만의 가을 속에
멋있게 즐기며 살련다.

소유욕

무성한 나뭇잎
낙엽 되어 떨어지고
그릇이 넘치니
더러워지며 깨지고
똑같은 떡인데
남의 떡 큰 떡이고

떨어지고 더러 지고 착각하고
좋은 것 같은데 지저분하구나

그래도 소유욕 끝이 없으니

세월 속에서
소유의 욕심은 싸움판이요
건강의 욕심은 파란 하늘빛

푸름 찾아 나서니
뇌리는 상쾌하고
마음은 평온하구나

나이 들어가
싸움판 만들지 않으며
오늘 행복 찾아 나서리

사랑 빛

떠오르는 온 누리 빛
파란 하늘 흰 구름 두둥실
어둠 속에서 빛나는 빛
달빛 별빛 은은한 은빛
언제나 바라만 보아도
자연스럽게 기분이 좋아요

변화무상한 하늘 아래서
피어난 꽃 한 송이
임을 그리워하는 향기는
씨앗을 향한 예쁜 아름다움
가까이하면
꽃향기에 기분이 좋아요

사랑 빛은
하늘빛 꽃향기 받아
눈빛으로 사랑 꽃피우는

새 생명을 위한 향연

사랑은 기분이 좋아요

인생길 행복

생명의 짐을 지고
허공에서 뛰어내릴 때
비행기 속에서는
마음이 설렁대다가

뛰어내리는 순간
겁이 났지만
낙하산이 피어지는 순간
하늘만큼 행복하다

하늘에서 내려오면은
산천이 아름다워
기분이 좋아
대지에 착지하니
무사히 살았구나
땅만큼 행복하다

순간의 행복이지만
세 번의 행복
정말 행복합니다.

행복은 순간은 지나가지만
지워지지 않는 행복은
추억 속에 있어.
행복은 생각 속에 영원하다

발자취

살아온 발자취
눈을 감고

천천히 간 시간
동심 떠올라
꽃구름 만들며
향기에 젖어 든다.

빨리빨리 간 시간
고마움 순간들
망각으로 지워져
향수에 젖어 본다.

추억의 향연
찬 겨울 속에서
앙상한 가지를 보며
빈 마음으로

새봄은 천천히!

여유 속에 기다립니다.

뿌리의 행복

둘의 인생길
비바람 불어도
쉼 없이 살았던
여보 와 나

나무뿌리가 되어
낳고 또, 또, 낳아
기르고 가꾸니
세 그루 나무가 되어

열매 두 개만 열려
금이야 옥이야
사랑받으니
보기만 해도
기분이 좋아 살맛 나네

뿌리가 나무 키우고 열매 열리니
삼대가 그저 오늘 행복합니다.

꽃필 때

풀벌레 소리 잠들고
산새노래 들리지 않아
임도 보이지 않는데

꽃잎보다 먼저 핀
생긋한 꽃송이
비바람이 불어오니
슬피 울며 떨어지네

푸름이 짙어지고
임이 훨훨 날 때
무지개 그리며
뭉게구름 바라볼 때

때가 왔을 때
향기 풍기며
아름답게 피어라

마음의 사랑

모진 풍파를 이겨내고
한 송이 꽃을 피워
예쁘게 단장하고
향기 풍기니
찾아오느니 있어.
임과 둘이 뽀뽀했네

모진 풍파 속에서
아래, 아래 바닥에
하얀 꽃 노랑꽃 피워
예쁘게 기다려도
찾아오느니 없어
흰 백발이 되어서야!
바람 타고 생명을 심었네

향기는 만남의 사랑
바람은 마음의 사랑

이제는

마음의 사랑뿐이네

무심

흰 눈이 사뿐사뿐 내려
손바닥에서 녹는다

흰 눈이 펑펑 내려
손바닥을 넘어 쌓이니
얼어붙어
냉 어름 차가움이 엄습한다.

인간의 과욕은 늘 가까이 맴돌아
끝이 없구나

자연을 벗 삼으니 멀어지는 것은
뇌리에 쌓인 편견과 가슴에 쌓인 미움은 온데간데없고 잡념은 사라져 한 맺힘은 잠들고
손에 녹던 친한 꽃들이 하나둘 마음속에 젖어 든다.

무심

즐겁게 편안하게 살리라

만남

바람처럼 스쳐 간 허상
계절 따라 가버린 채소
시냇물 흐르다 만 추억

칡덩굴 찔레꽃 인생길
만남과 이별의 나날들
살다 살다 가버린 세월

사랑
장미꽃 사랑은 지고
느티나무 영원한 사랑

하루살이 인생길은 지나고
황혼의 아름다움을 그린다.

만나고 또 만날 수 있는
자연 속 친구 만나며 산다.

거리를 두고

멋 트인 무지개
꽃 트인 봉선화
자연을 물들인다.

가시 돋친 장미꽃
만지지 말고
보기만 하고

멋 트인 옷차림
마음에 젖어 들어도
아름다운 멋 흘러도

무지개처럼
거리 두고 보세요

마음의 사랑

생각의 마음
마음으로 만나다가
마음뿐인 사랑

모습이 아름다워
마음이 예뻐서
심성이 좋아서

사라지면
마음이 아플까?
바람처럼 지나갈까?
기다림이 생길까?

구름 속에 잠긴다.

인연이 있으면 만나리

숲

하늘 땅 바다
자연을 향한다.

숲속으로 들어가

바람 소리 물소리
자연의 소리

산 새소리 벌레 소리
살아있는 소리

즐거운 소리가
오세요. 반긴다.

숲속의 나무는
자연 향기 나는 산소

몸이 알아차리니
기분이 절로 좋아
올라가는 발길 무거워도
내려오는 발길 가벼워

숲은
살기 좋은 길을 연다.

집안의 정원

한 그루 두 그루 늘어
집안의 정원이 생겼네
미세 먼지 덕에
누가 무어라 하지 않는다.

큰 나무 작은 나무
돌도 인형도 장난감도
조화롭게 어울린다.

나무는 죽어도 백 년
화분 받침대가 나무다

햇빛을 좋아하는 나무
그늘을 좋아하는 나무
물을 좋아하기는 다 다르다.

다름에 위치를 정하고

빛 속에 흙, 물 좋아해
언제나 푸르다.
때가 되면 꽃이 핀다.

푸른 집안의 정원은
공기 청정 파랑
건강한 힘을 심는다.

뒷모습

아침이며 세수를 하고
거울을 매일 본다.

내 모습 잘 몰랐는데
흰머리가 나고
주름살 생기니
얼굴에 나이가 보이다

거울에서 못 보는
뒷모습 궁금해지고
뒤, 태 보아도
무엇을 안다는데

앞모습과 뒷모습이
같이 가고 있는지
잘못 가고 있는지

보이지 않는 뒷모습
지난 일도 자신 있는
바른길 행복 길 가자

행복

이 생각에
머리가 상쾌합니까?
이 말에
마음이 편안합니까?

나의 행동은
얼마나 부족합니까?

생각과 말 행동에
얼마나 행복합니까?

나를 위하여

눈을 부드럽게
미소 인사로
말을 따뜻하게 하면

오늘의 엔도르핀 펑펑
오늘이 즐거운 날

지금 행복합니다.

쉼터

가을바람
국화꽃에 스며드니
찬바람이 내 나이 같구나.

경관이 아름다운
쉼터가 보이는데
내 마음에는 없구나.

세월은 쉬어가지 않으니
나 내가 쉬어 가리오!

빈 마음 쉼터
가슴에 심어두고
십 년만 쉬어다 오리요!

공평

소나무는 장미꽃을 피울 수 없고
장미꽃은 늘 푸르지 않다.

어릴 적부터
잘하며 좋아하고 재미있는
소질과 특성을 보자

너와 나 다 다름을
알고
제 나름의 희망의 길을 찾자

희망의 길 가는데
땀에 대한 공평은
소질과 특성에서 온다.

창문을 열어라

너와 나 다 다르고
생각이 다 다른데

우리의 울타리를 만들어
오가는 창문은 없구나.

동네길 걸어가는데 내 길인가
세상사 혼자 사는 법은 없다.

자기들 생각만 뭉치어
집단 나쁨 이기주가 판친다.

주관적 생각을 줄이고
객관적 능력을 키워서

우리의 집단 울타리를 허물어
희망의 창문을 열어서 통하자

행복한 한가위

악 소리치니
산새 날아가고
다람쥐 도망치니

우리 서로
사이좋게 고운 말 써요

둥근 보름달 보면
기분이 좋아
마음이 편해져요

행복한 한가위
오늘 행복 합시다!

꽃향기
마음속에 스며드소서!

화담 숲속 길

참사랑 아름다운 생각으로
정다운 이야기 나눔 길

높은 산
경사를 줄여
누구나 갈 수 있는 쉼터 길

만들어 주신 덕에

흰 자작나무 소리로
마음을 깨끗이 하고
붉은 적송 소나무 보며
여백의 멋 부린다.

암석, 수석, 분재
오래오래
일편단심 심고

저마다 숲속 길 걸어
느낌을 마음에 새기며
물레방아 추억을 두고
행복한 마음으로 떠난다.

내 인생 노는 길
오늘이 좋은 길
친구들과 정다운 이야기 나눈다.

숲속 이야기

이름은 '숲속'
동식물이 숨 쉬고
사람이 머물다 지나간다.

나는 아름다운 숲이 되기 위해
백 년의 세월이 흘려다.

비가 내리면 좋았다 슬프고
바람이 불며 좋았다 슬프고
가뭄에는 목이 타고
엄동설한 고뇌의 시간 속에
세월의 슬픔에 휘어지고 꺾어지며
나이테 속에 흔적을 남겨다.

숲이
슬퍼 보이는가?
불행해 보이는가?

나는 늘 푸른 희망 속에 산다.

상쾌한 향기 속에서
크며 클수록 더 많이

살아 숲속 향기를 주고
죽어 밑거름될 것이다.

슬픈 사랑

달콤한 신혼을 뒤에 두고
총알 빗발치는 전선의 참호 속 남편은 우르르 쾅 소리에
육신은 갈기갈기 영혼은 산새 따라 숲속 위로 날아가니
새색시 미망인 유복자 되어
피눈물 아픔 백발이 되도록 살아
주름진 아내는 외손녀 손잡고 산천에 왔네!

영혼, 산자를 비통함으로 만든 전쟁
그 후 길고 긴 침묵

산천은 아름다운 꽃 피는 초록인데,
아내는 낙엽 되어
계곡물 따라가고 있으니
바다에 가며 하늘에 올라
폭탄이 내린 내 슬픔을 지울 수 있겠지

다시는

피눈물 나는 긴 사랑 슬픔

이 고통과 비애가 헛되지 않은

평화의 거울이 되소서!

* 보훈휴양원에서 우연한 만남, 백발 할머니의 슬픈 사랑

봉선화꽃

고향 집 꽃밭에 서로 뽐내며
향기 꽃들 피었는데
동백꽃 백일홍 큰 나무 옆에
봉선화꽃
향기 풍기며 피었는데

엄마 고향에서 갖고 온
동백나무 한 그루
지금도 꽃 피고 피는데
임은 어디로 가셨나요.

봉선화 분홍 꽃 엄마
떠나가신 지 오래되어도
향기 꽃 꿈속에서 피었습니다!

추운 겨울에 가셨는데
안에는 국화꽃 향기 가득하고

밖에는 동백꽃이 한참 피었지요.

꽃 피는 향기 속에 가신 임
봉선화꽃 늘 행복하세요.

겨울 남자

겨울 찬바람이 스며드는데
갈 곳은 있는가?

높은 울긋불긋
욕심의 굴곡을 지우고
좋은 추억만 남기고 싶은데

따사한 나눔을 위해
채움의 얼음덩어리를 녹여
사랑의 종소리에 들리고

오늘을 반기며 어울림을 찾는다.

겨울 차가운 남자
벗 만나 마시니
만사형통
하하 호호 깔깔대다가

회포로 풀어버린
빈 가슴.

채우기 위해
영원한 임 만나려 발길을 돌린다.

꽃향기 친구

지나간 세월
무엇을 탓하리
좋은 시절 다 간 것 같으나
꽃은 피고 또 피는 꽃

기쁨과 슬픔은
누구나 오는 길

기쁜 축하 있을 때
꽃 피듯
피고 또 피고

슬픈 아픔 있을 때
바람 지나듯
흘러 날려 보내고

건강은 삶의 향기
꽃 피는 오늘이 힘찬 젊은 청춘
설레는 맛
기분 좋은 친구들 기다려진다.

구부려

자연 속에
예쁜 오이 사이에 구부려진 오이가
시장 채소 점에서
안 생겨도 사느니 있다.

엄마 손은
구부려진 오이를
요리 진가를 발휘하여
맛 더한 맛을 낸다.

우리 주변에
구부려진 이가 있다면
따사한 손 깃으로
힘 더한 힘을 주자

고추나무가 병들면
예쁜 고추나 구부려진 고추나

열린 고추는 모두 같이 죽는다.

더불어 사는 지혜
자연에서 보인다.

꽃샘추위

봄바람 불어와
연하게 피어난 사랑 꽃

따사한 햇빛 속에
향기 풍기며
나비 기다리고 있는데

꽃이 너무 예뻐서
찬바람이 사 셈하나요.

분홍 노랑 빨강
사랑 색 꽃
움츠러지네

동지섣달 긴긴밤 지세며
꽃바람 기다려지는 곳인데
놀부 근성이

피어나는 사랑 꽃 시들게 하네!

참아라. 참아라!
기다려라. 기다려라!
사랑 꽃 오고 있으니

뒷들 향기

가을! 향기!
지평선 들판
오곡 무르익어 가는데
꽃들은 향기 풍기고

코스모스
산들산들 분홍 꽃 흰 꽃 빨강 꽃 모여
꽃 잔치 한참인데

연꽃이
파란 양산 들고 흰 꽃 빨강 색으로
빙빙 돌면서 코스모스꽃 잔치 구경하네.

가을들 역에는
그림처럼 아름다워지는데

선남선녀
짝지어 가니
눈 속에
손잡고 거닐며 정다운 꽃피고

친구들은
뒤뜰 정자에
가을 소풍 나와
잔치 향기에 젖어 황금 잔치하며
향기 속에
추억에 젖어 한잔 술에 취해
시 한 수 절로 흐른다.

평화

태어나
전젱 속에 살아온 칠십 년 세월
두 동강 금수강산 아프고 아프구나!

푸른 옷 입고
폭탄이 터져 온몸이 파편으로
상처 나 버려 아프고 아프구나.

나라 지킨다.
아픔을 넘어 고이 잠드신 임
유공 이름 비석 줄지었구나.

우리 시대에
두 동강 철책 치우고
평화 금수강산 이어가세

갈색 행복

푸른 잎 갈대 꼿꼿하더니
갈색 꽃피어 바람만 나서
살랑살랑 춤추며 보라네.

푸른 잎 입고 무심하더니
갈색 꽃피는 세상 만나서
갈색 치마 춤추며 즐겁네.

힘겨운 그 날들 지워버리고
뇌리에 꽃피는 바람만 나서
살랑살랑 걸음이 가볍네

한 많은 세월 지나서도
갈색 꽃 피니
오늘이 행복하구나!

가을 남자

파란 잎 붉게 물들어가니
매미 소리 멈추고
붉은 열매 주렁주렁 보인다.

파란 하늘 높게 빛나
보는 눈이 하늘 따라
차 한 잔 갈색 치마 생각나지만
가을바람에 마음은 쓸쓸하다.

한 세월 달려왔지만
이룬 것은 희미하고
품 안에 열매는 떠나가
둘이 바라보기만 하네

남자의 계절
빈 마음 허전하지만

대지에 발붙이며

서로 천천히 가리라!

찔레꽃 인생

넓고 좋은 곳 두고
천박한 좁은 자리에서
엉클려지고 가시 돋치며
왜 꽃피고 열매 열리나!

처다보지도 않고
아래만 보고 살아도
때가 되면
깨끗한 하얀 꽃피어
점찍어 두니
빨강 열매 열리어
나 만나러 오는 이
정열로 주었으니

보잘것없이 보여도
'무어라 말할 수 없는'
사랑을 주고 있어요!

지동시장에

찔레꽃이 피고 있습니다.

석천 호수

햇살이 추운 겨울
푸름이 짓든 둘이 네 가족
둥근 두 개의 호수를 돈다.

돌고 도는 길
제일 높은 꼭대기. 고개를 들어보고
낮고 낮은 호수 고개를 숙여보니
눈에 드는 풍경
보는 폭이 아름답구나.

다들 뒷모습 보고
우리는 앞모습 보고
누가 무어라 했을까?
추억 심어
웃음꽃 피었네.

물이 움직이는 호수
낮은 곳에서 보고 듣는 시간

마음이 편해지니
발길이 편하더라!

낮은 길에서 또 만나길 약속하며
서운한 발길 돌린다.

총각이여

빨강 고추 익으니
고추잠자리 날아들고
무 배추 심으니
하늘빛도 파래 가는데

가을바람이 불어
남정네들 힘이 넘실댄다.

코스모스 흔들흔들
향기 풍기면 예쁜데
총각님이여
'098' 올라가도록
갈색 향기 찾아보세요.

내 사랑아
겨울밤이 찾아오며
모닥불을 피어보세

일 년 안에
새싹이 파릇파릇
사는 멋은 아기

하루하루가 변화
행복한 오늘
가을에서 찾았습니다!

좋은 그릇

번개 치고
천둥소리 쾅쾅
여기저기 가슴 조이며
밥그릇 깨지는 소리

작은 그릇에 큰 나무 심어
하늘이 노 하는구나!

큰 그릇에 좋은 나무 심어
세월이 흘러가도 여백 있어.
누구나
가까이 갈 수 있는데
만나지 못하는구나.

구름 흘러가듯 세월은 가는데
한 가지만 고집
아까워할 시간만
그저 길어지는구나!

세월

하루는 길었는데
세월은 그저 가버리고

중천을 지나가니
센바람은 없으나
찬바람이 오고 있구나.

석양에 부는 바람
나목을 흔들고
노송은 아름다운데
세월의 깊이가 보인다.

세월은
허망이 있어도
쓴맛의 향기는 남는다.

작은 소망

백 세 인생
노랫소리 들려도

살다 보면
아픔 통풍 올 때면
천근만근 무거운 몸
만사가 귀찮더라.

약도 먹고 침도 맞고
야단법석 떨어도
보이지 않는 나쁜 놈
이길 때까지
세월이 약이더라

고군분투 승리하여
새 힘이 샘솟아
내 몸이 편안하니

임과 친구도 보이더라.

작은 소망은
여백 속에 여유
소나무 향기 속에서
노을 그리며 살련다.

작은 배려

파란 새싹들의
등굣길

혼자
한 생각으로
잘 보이는 모퉁이에 서서
하나 바라보고 있네!

수많은 새싹은
별생각 없이
가로막은 모퉁이를 돌아가며
비좁게 디딤발 서로 언 것 킨다!

보는 눈
보는 느낌이 없어서.

아름다운 행동을
새싹에서 심어 줍시다!

좋은 생각

주름질 터 가는 눈
천진난만한 눈
서로 사랑스러워
눈에 넣고 싶을 때

사랑의 눈빛으로 들어와
보고 싶을 때 떠오르니
삶의 생기가 치솟는다.

좋은 생각 마음속에 스며드니
얼굴에 미소 꽃 피고
내리내리 빈 마음으로 변하니

후해 없이
눈 감을 수 있는 삶
오늘부터
행복 길 걷는다.

용기

보고도 안 본 척
담배 연기처럼 사라진다.

잘못된 본 것 확실한데
무엇이 나를 감추는가.

위아래도 없이
제멋대로 놀아나는 진풍경
악성 비에
옷은 젖어 들어가고 있는데

눈치코치 용기는
다 어디로 갔는가.

좋은지 나쁜지 알면서도
세월 타며 허물어져 가
고개 돌리며 사라지니

누가 해결할까?

한 생명이 사라지는
슬픈 사연이
여기저기서 보인다.

빛과 음지

동트는 해 오름 청명 날
아롱진 별빛이 떠날 때
햇살이 스며들어
어둠 속 발걸음에
아침이 상쾌하다
내 몸은 천근이다.

활동을 양지
활동을 음지
낮 동안 동 흐르니
낮 동안 쉼 없어서
스르르 잠들어
지친 몸 잠들어

쉼이 생각날 때는
몸주 아픔 때에만
여행을 떠나며

쉬어가는 날

자연 속의 나의 몸
음지 속의 나의 몸
빛과 동으로 사르리.
빛과 동을 찾으리.

노을 멋

자연 길 가다 보면
평지길, 언덕길, 내리길
오고 가는데

인생사 살다 보니
성공의 열매
실패의 쓴맛
근심·걱정이 올 때며
기도하는 시간 속에서
슬픔 고이 잠들게 하여
빈 마음이 오더라!

시간은 흘러, 흘러
얼굴에 잔주름 그리며
나이테만 늘었는데
성공, 출세도 좋았지만
건강, 사랑이 최고였더라!

누구에게나 귀히 주신
소질과 특성 고이 가지고
빈 마음 취미 생활은
인생의 피는 최고의 꽃
노을빛 '멋'이 피더라!

세월 길

인생길 흘러가는 길
세상이 좋아지니
가두어 두려고 발버둥 친다.

나이는 뺄 셈이 없는데

새 물길 흘러가는 길에
물 욕심
가두어 두려고 잔머리 떤다.

물은 흐르고
세상은 동
가두어도 세월은 동

썩은 물은 먹을 수 없어
흘러가다 보니
여백 속 여유 생기고

자연의 길 있더라!

세월 따라
흘러갑시다.

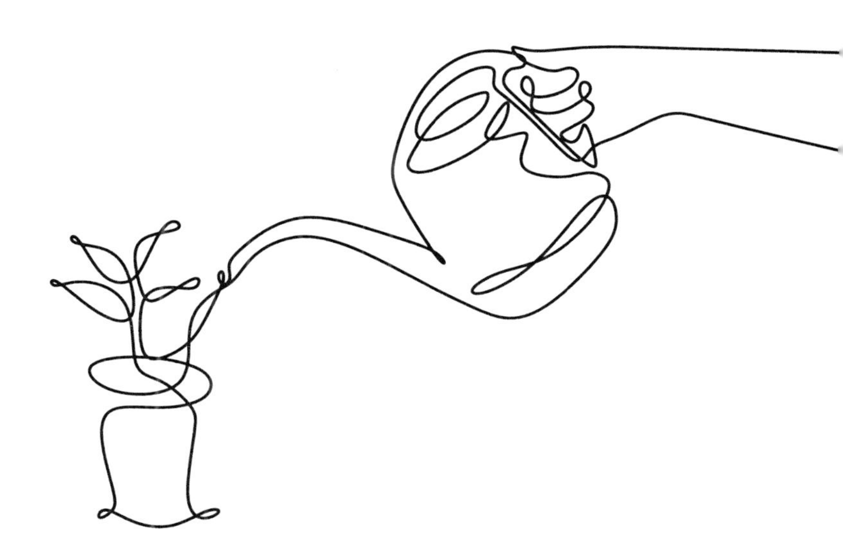

정든 만남

한번 꽃피고
두 번 만나니
한해 시드네!

마음은 초록 잎인데
모습은 붉은 단풍잎
바람아 천천히 불어라

꽃잎 떨어져도
푸른 잎으로 살았는데
오늘 행복한 날이라니
뜨는 해는 못 보고
저녁노을만 보이네.

흐르는 물 따라가는데
빨리 가자고 하여
바위 위에 내리니

멀리 보이는 백 세 인생
거북처럼 가다 보면
아직 많이 남았구나!
정든 만남으로
즐겁게 살아가세

연분홍 첫사랑

연분홍 첫사랑
따사한 봄바람 타고 오시더니

비바람 한번 불었다고
꽃잎 떨어지며 가시나요.

첫사랑 그리워
연분홍 생각에 젖었는데
일 년을 기다리라니
날개 떨어져 못 기다립니다.

첫사랑
연분홍 꽃나비 사랑은
맺지 못한 이별인가요.

새봄 오시는 날에는
영산홍꽃 갓 쓰고

꽃가마 타고 오시는
영원토록 사랑하는
빨강 진달래꽃
기다립니다.

꽃 사랑

인사랑
일 년을 기다렸는데

연노랑 꽃 옆에 두고
연분홍 꽃 보러 가더니
십일 홍 연분홍 지고
꽃잎 깔아 임 보내니
임 닮은 열매는 없고
못 쓸 잎만 무성하구나.

연분홍 꽃 부러워는 데
연노랑 꽃 찾는 임 있어.
사랑 꽃 사랑
빨강 열매 꽃 열리니
봄에서 가을까지
정열 속에 살았네

사랑 임 좋은 꽃
노랑꽃 빨강 열매
오늘이 행복하네.

사랑 꽃피었다.

장미꽃 조심

아름다운 장미꽃
조심

향기 나는 장미꽃
조심조심

가시 돋친 장미
불조심

종이 장미꽃
조심 불조심

이 꽃 저 꽃 꺾다 보니
백약이 무효인가?

꽃은 꽃인데
재앙 꽃이 있구나

아름다운 향기 꽃

꺾어

시들 때까지

손잡고 동행하세요

보는 눈

높고 귀한 눈
눈을 뜨며 만물이 보이고
눈을 감으며 어둠 속 고요

눈빛이 아름다워
눈웃음 사랑이 싹트고
눈물이 맺혀
눈 슬픈 이별이 싹트고

사랑할 때
눈빛은 불꽃처럼 빛나고
이별할 때
눈빛은 그믐처럼 지우고
희미한 눈빛은
바라기 별처럼 지려나

높고 귀하지도 못하여
가까이 작게 보기만 했으니

눈이 눈 내림을 보는 눈
아름다운 눈, 눈
높게 넓게 멀리
사랑 빛 보며
자연 빛 보며 살려나

가지 말라

나뭇잎이 흔들흔들
개미가 줄이어 가면
가지 말란다.

모두가 가고 싶어도
오감이 떠오르며
가지 말란다.

내 마음은 가고 싶어도
예감이 떠오르면
가지 말란다.

찰나의 순간에도
기다리고 기다린다.
나뭇잎 잠들며 가거라.

夫婦

남녀
한 자가 두자 된 부부
똑같은 두 글자 부부
부부, 夫婦, BOO
똑같고도 다르구나.
향기 나는 이불 향기
꽃이 피고 열매 열어
새 뿌리 심어

단풍잎 붉어져 가니
내가 오르면
임은 내리고
시소로 오르락내리락
재미있는 인생길

오르락내리락
빈 마음 되니
오늘이 행복하더라

사랑의 선

사랑의 시작은 눈빛
두 눈빛이 마주 이어
사랑의 새싹이 터 흐르고

눈빛은 아름답고
불빛은 타오르는데

장미꽃 예뻐서
가시가 있어
바람이 불어대니
울타리를 넘나드는데

불빛 사랑이 선을 넘어
둘이는 불타오르지만
수많은 눈물이 강물 되어
흔적을 지울 수는 없구나!

사랑! 눈빛으로 핀 꽃은
보배처럼 영원히 이어가지만

사랑! 불빛으로 핀 꽃은
피눈물 잿더미 흔적 남는다.

사랑의 선 넘지 말아요!

무아지경

햇살 속에 산물 흐르고
실바람 물 흐름소리에
탁탁 구리 타다닥 맞추어
야생화 곱고 아름다운 꽃잎
따사한 날 불러오고 있다.

꽃마다 오묘한 특징
그 작태는
누구나
천천히 가까이 부른다.

꽃의 짧은 생
꽃잎 끊어 깔고
열매 만들며 이별한다.

자연 속
잠시라도

무아지경 속에

고마움

감사할 뿐이다.

낮은 곳에서

파랗게 보니 하늘
넓게 보니 바다
더 아래
낮게 보니
흙과 같이 사는 세상

높게 보니 산꼭대기
오를 때 힘들고
내릴 때 아픔

멀리 바라보니
지평선 아지랑이 아롱아롱
수평선 푸르고 하얀 물결
여백의 세상이 보인다.

해와 달 별 멀리 있지만
낮은 곳에서 볼 수 있고

아래는
아름다운 꽃들의 세상이다.

대의를 위할 때는 높은 곳에서
자신을 위할 때는 낮은 곳에서
진리가 있었네.

낮은 곳에서
꽃과 같이 사는 다짐
오늘 낮은 곳에서 산다.

공짜 인생

건강 좋아해
야산에 간다.

계절의 향기
들꽃 향기가 풍긴다.

햇빛 달빛 별빛 받아
구름도 바람도 흐르니
세월은 그저 흐른다.

산에는 모두가 공짜

여백의 푸른 적송 소나무
이름 모른 산새 노랫소리
야생화 신비한 꽃들
산새 여치 사랑 노래 음
꽃 내음 향기 속에

맑은 공기와 물소리

공짜 고마워하니
향기가 그저 스며든다.

꽃 내음 축복
감사하며
공짜 인생길 걸어간다.

공짜 인생길

햇빛 달빛 별빛
구름 바람 가듯
세월은 그저 흐르니

건강 길
야산에 가니
계절의 향기
들꽃 향기가 풍긴다.

산에는 모두가 공짜

여백의 푸른 적송 소나무
이름 모른 산새 노랫소리
산새 여치 사랑 노래 음
야생화 신비한 꽃향기에
벌 나비 날아들고
맑은 공기와 물소리

공짜 고마워하니
향기가 그저 스며든다.

꽃 내음 축복
감사하며
공짜 인생길 걸어간다.

다 다른 변화

뭉게구름 두둥실
파란 하늘 보이더니
먹구름 몰아치며
비바람 내리고

변화무상한 세상

꽃들이 모두 같은 색
사람이 모두 임금님
좋을까요?

자연을 보아라!
색이 다다르고
크고 작은 동식물

온도의 변화에 따라
다다르게 살고 있다.

우리가 모두
다다르게
소질과 특성으로
살아가는 것이
삶
인생길이다.

새옹지마

햇빛 받아 빛나니
달빛 속에 내 마음
별들이 속삭인다.

마음이 변했구나.

비바람 웃고 울고
행복은 피고 지고
슬픔은 잡초라네

복 모르고

뿌리와 이별하니
꽃은 시들고
새순이 나도

후해는
슬픔뿐이다.

좋은 생각

주름 짙어 가는 눈
천진난만한 눈
서로 사랑스러워
눈에 넣고 싶을 때

사랑의 눈빛으로 들어와
보고 싶을 때 떠오르니
삶의 생기가 치솟는다.

좋은 생각 마음속에 스며드니
얼굴에 미소 꽃 피고
내리내리 빈 마음이 오네.

후해 없이
눈 감을 수 있는 삶
오늘부터
행복 길 걷는다.

노을처럼

아름다운 노을이 지고
동트는 해님 상쾌하지만

비바람이 불고
소낙비도 내리고
구름은 흘러가니
변화무상한 세상살이

하늘에 빌고
바람, 구름에 부탁하고
눈물을 닦고
지내다 보면 흘러간 세월뿐이더라

숲도 좋고
높은 산도 좋지만
아랫목이 더 좋더라.
건강

사랑
지금이 좋아하더라.

천당은 좋은 길인데
다시 오지 않는 길이니
황혼이 빛나는 노을 속에 살련다.

노을빛

자연 길 가다 보면
평지길, 언덕길, 내리길
오고 가는데

인생사 살아보니
실패의 쓴맛 속에서
성공의 열매 열리고
근심·걱정이 올 때며
세월 속에서
슬픔을 고이 잠들게 하는
빈 마음이 오고 있더라!

시간은 흘러가니
얼굴에 잔주름 그리며
나이테만 늘었는데
성공, 출세도 좋지만
건강, 사랑이 최고더라!

누구에게나 귀히 주신
소질과 특성 고이 넣어
빈 마음의 취미 생활은
인생의 최고의 꽃
노을빛 "멋"이드라!

늘 행복

나는 바람개비
바람 없으며 못 돌아

돌고 도는 세상
늘 행복 찾아간다.

양동이 들고 낚시 던져
물에 접하니 손맛이 온다.

목이 타도 물
사랑도 물
눈물도 물
물 없이는 못 살아

텃밭에 가면
거름 주며
무럭무럭 자라지만

물 없으며 죽어다.

노력의 꽃은 열매
재미있으면 행복

그저 공짜로 행복합니다.

추운 겨울의 고독

하얀 눈이 내리는 날
외로이 서 있는 적송 소나무
언제나 푸름이 짙어 보이는데

좋은 날에는
찾아오는 이 많아 꽃도 피고 열매도 열리어
벌과 나비 철새도 찾아왔는데

찬 바람이 불어오니
다 떠나버리고 나 혼자 외로이 서 있는
추운 겨울의 고독

나 혼자 있어도
고독하지 않으려 늘 푸르지만
속마음은 단풍잎으로 물들었네.

추운 고독 속에서도
꽃 피는 추억이 살아 있으니
고독이 시들 날 오겠지

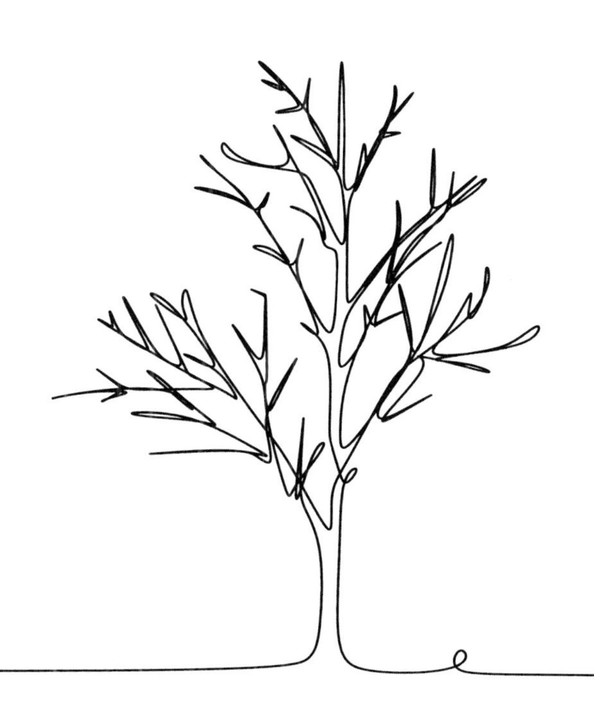

동행

오래 살아
육감이 흐르더라!

헌 눈을 새는 만들려
야단법석 떨어 더니
눈은 물 금지!
눈감고 세수하는데
수도꼭지도, 비누도, 수건도
육감으로 잡히더라.

옷장에, 신발장에
헌 것투성이
가방도 주름살이 짙어 가는데

버리고 싶어도 못 버리니
정든 헌 친구들이여
주름잡으며
나와 동행하자꾸나.

웃음꽃

웃고 웃는
미소 장미꽃

하하 호호
웃어보자
복이 온다니

하얀 임 가신 뒤
빨강임 피고 펴
꽃 마음 달래네

마음속 산수유
눈에든 장미꽃
정열이 샘솟는 힘

세상만사 인간 세상
자연 속 피는 꽃 보니
행복이 스르르 흐른다.

美풍

수많은 잎은
햇빛을 받으며
크기와 여백도
자연스러운 배려하고

美풍 바람이 불 때면
살랑살랑 춤추며
태풍 바람이 불 때면
휘어져다 돌아와
꽃피고 열매 맺는다.

살랑살랑 만남은
아름답게 즐겁고
다툼이 올 때면
휘어져 돌아오는 바람

태풍은 잠깐

미풍처럼 살랑살랑

만나고 살자

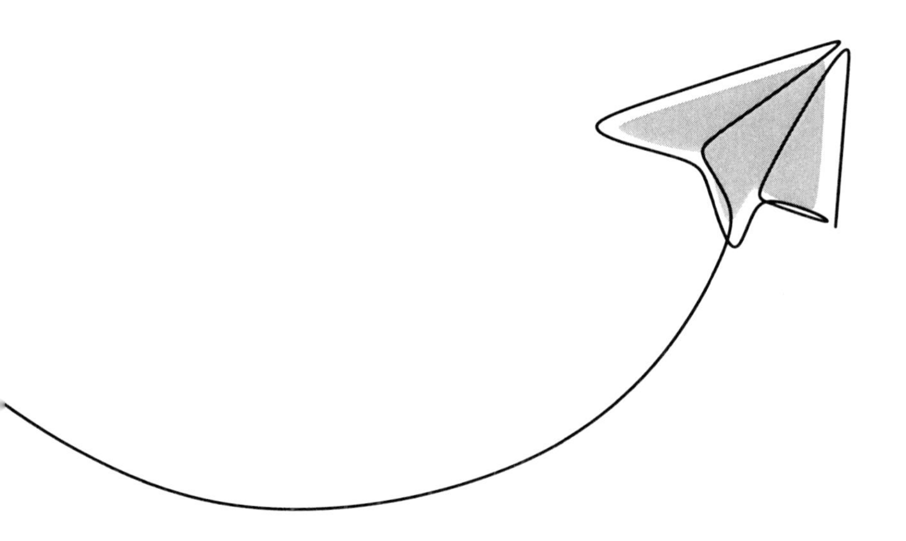

용기

보고도 안 본 척
담배 연기처럼 사라진다.

못 볼 것 본 것은 확실한데
무엇이 나를 감추는가.

위아래도 없이
제멋대로 놀아나는 진풍경
나쁜 비에
옷은 젖어 들어가고 있는데

눈치코치 용기는
다 어디로 갔는가.

좋은지 나쁜지 알면서
세월 타며 허물어지고
불룩한 어깨만 만지며

고개 돌리며 사라지니

한 생명이 사라지는
서글픈 사연이
뉴스에서 전한다.

고래

아 더워 여름
ONO 바람이 분다.
청일 러일 싸움에
새우 등 터지고

삼욕 국권 찬탈
명산에 쇠말뚝 박아도

대한의 끈기와 슬기로
다시 고래로 태어났으니

옛날 생각하지 마라
원폭 맛 한 번 더 먹고 싶은지

금수강산 미래를 보니
앞뒤도 못 가리는구나.

우리 대한

고래 힘 더 키우세

낮은 곳

높은 곳에
오래 머물며 얼어 죽는다.

백두산 에베레스트 후지산 정상은
묵묵히 말하고 있다

오래 머무는 사람은 누구인가?
제정신 없는 사람

방사능 흐르고
화산 꽃 하늘에 피어
지진 꽃 흔들리는데

판단이 흐려져
백색 가루 날리는
죽는 길 가고 있구나.

무궁화 꽃 피는
금수강산 낮은 곳에서

슬기로운
참 정신으로
오순도순 살아가세

좋은 그릇

번개가 치고
천둥소리 쾅쾅
여기저기 가슴 조이며
밥그릇 깨지는 소리

작은 그릇에 큰 나무 심어
하늘이 노 하는구나!

큰 그릇에 좋은 나무 심어
세월이 흘러가도 여백이 있어.
누구나
가까이 갈 수 있는 사람 많은데
만나지 못하는구나.

구름 흘러가듯 세월은 가는데
한 가지만 고집
아까워할 시간만
그저 길어지는구나!

소리

산새가 집 짓고 알 낳으며
새집을 지키는 데는
위장술 유인 가짜 술

지키는 슬

이기려면
알 낳은 새처럼
보이지 않는 매복

술 없이 떠들고 나팔 불면
바다 건너 날아간다.

이기려면
살아 잡으려면
술과 슬
끓기와 용기
적송 향기로 잡아라

봉선화꽃

고향 집 꽃밭에
서로 뽐내며
향기 꽃들 피었는데

동백꽃 백일홍 큰 나무 옆에
봉선화꽃
향기 풍기며 피었는데

50년 전 엄마 고향에서 갖고 온
동백나무 한 그루
지금도 꽃 피고 피는데
임은 어디로 가셨나요.

봉선화 분홍 꽃 엄마
떠나가시는지 수년 되어도
향기 꽃
꿈속에서 피었습니다!

추운 겨울에 가서도
안에는 국화꽃 향기 가득하고
밖에는 동백꽃이 한참 피었습니다!

꽃 피듯이
꽃향기 속에
행복하세요.

인생길 행복

삶의 행복 속에 태어나
어릴 적 꿈은 희망의 돛단배

시험 속에 합격의 성취감
경쟁의 싸움 당선의 승리
만남의 인연 삶의 연속

순간의 기쁨과 행복
지우지 말고
평생 같이 가자

지워져 가는 인연들
남아있는 인연들
양 손가락이 말하네.

자연 속 산길처럼
인생길은 늘 변하는 것

여보여

친구여

산길 걸어가며 살자!

내 모습

나는 맞고
너는 틀리고
생각의 함정에 빠진다.

나만 모르는 내 모습
남의 모습만 보니
오해의 깊이는 길어진다.

내가 아는 내 모습
상대가 아는 내 모습
얼마나 같을까?

거울은 앞모습만 보고
생각과 속마음은 보이지 않는다.

내 모습을
제삼의 눈으로 보니

인식하지 못한 내 모습
말과 행동에 놀라며
스스로 나를 돌아보며

부족하고 미흡한
내 모습을 보자

노을 멋

자연 길 가다 보면
평지길, 언덕길, 내리길
오고 가는데

인생사 살다 보니
성공의 열매
실패의 쓴맛
근심 걱정이 올 때며
기도하는 시간 속에서
슬픔 고이 잠들게 하여
빈 마음이 오더라!

시간은 흘러, 흘러
얼굴에 잔주름 그리며
나이테만 늘었는데
성공, 출세도 좋았지만
건강, 사랑이 최고였더라!

누구에게나 귀히 주신
소질과 특성 고이 가지고
빈 마음 취미 생활은
인생의 피는 최고의 꽃
노을빛 '멋'이 피더라!

맹 감

덩굴나무 맹 감은
천박한 양지 기슭에
파랗게 둥글게
어긋난 사랑 잎 핀다.

줄기는 마디마디 굽으며
딱딱한 뿌리 옆으로 가고
갈고리 가시로 오지 말란다.

붉은색 열매
둥글게 사랑 이루며
달달 사랑을 준다.

보이지 않는 긴 뿌리는
피가 밝아지고
독 해독이뇨 작용
고혈압 당료 암

관절염 요통 종기에
특효약
과다는 간, 신장이 미워해요.

못생겨도 좋은 산천 약초
좋고도 좋아

산천초목에도
보이지 귀한 특약이 있다.

몰입의 행복

몸과 마음에 든 일들이 많아요
즐겁지 않은 일은 하지 마세요.

좋은 생각으로 큰 걸음으로 걸으면
건강은 절로 오고 마음이 행복합니다.

자연의 풍경을 보며서
예쁘고 아름다움을 생각하세요
살아 있는 맛이 들어옵니다.

좋아하는 것을 하세요
글을 쓰고
그림을 그리고
노래하고
웃으며 살아요.

즐거운 일에 몰입하면
몸속으로
행복이 스르르 듭니다.

오늘부터
좋은 일에
즐거운 몰입으로 살아요.

길

인(人)의 길은 하나(一)

뇌성 소리 우르르 쾅 광
번개가 치며 어둠 속으로 사라지는 길
눈 깜박할 사이에 보이지 않네.

숲길 푸름을 보고 자연소리 들리며
향기에 마음 채우는 천천히 가는 길
흙내음 쉼터에서 그것에 젖어 드네.

슬픔을 번개에 태워버리고
솔향 행복을 늘 채워가면은
자연의 풍경은 그저 흐른다.

인생길 보이지 않는 빈 잔이라네.

꽃필 때

풀벌레 소리 잠들고
산새노래 들리지 않아
임도 보이지 않는데

꽃잎보다 먼저 핀
생긋한 꽃송이
비바람이 불어오니
슬피 울며 떨어지네.

푸름이 짙어지고
임이 훨훨 날 때
무지개 그리며
뭉게구름 바라볼 때

때가 왔을 때
향기 속에
아름답게 피어라.

정직한 아름다움

자연의 아름다움
아 아름답다
감탄이 나온다.

얼굴의 아름다움, 예쁘다
마음에 잠기어도
아름다움은 시간이다
지나가는 소낙비다.

아름다움을 만들기 위한
성형의 완벽은
그저 싫증을 만들고

자연 아름다움은
신선을 주고
거짓 아름다움은
흉한 모습을 만들어 간다.

우리 모두

선한

아름다움을 만들며 살자

푸른 소나무

해님을 보고 싶은데
번개가 번 척 뇌성이 친다.
햇빛을 보고 싶은데
비가, 비가 내린다.

해가 지고 별이 빛나면
밤빛이 좋았는데
비가 해를 이기니
해 달 별이 없구나.

빛, 물, 불, 공기
없으면 죽는데
공짜라고 관심이 없네.

모두가
과하고 넘치며
죽는다.

겨울이 돼야!
늘 푸른 소나무
좋고 나쁨을 안다.

민 초

누가 국민을 심던가?
그냥 있는 진주

아래 아래로 내려가면
국민의 소리가 들린다.

그 소리 들을 수 없으며
나서지 말고 떠들지 말며
자랄 척 말고 조용히 하라.

잡초로 보고
뽑는 이에게
무서움이 쳐들어오니

낮은 곳
진리를 알고

지워도 지워지지 않는
국민의 소리가 들리며
그때 나서라.

운때

물때는 오고 가는데
해, 달, 별
누굴까?

해는 양지를 만들고
달은 갯벌을 만들고
별은 은은히 흐른다.

때는 흘러가는 동
지나가며 사라지니
때가 올 때
운때를 잡아라.

기다림 속에
주인이 있으니
때 올 때
운때를 잡아라.

행운의 운때
잡지 않으니
흘러간다.

자연 속에서
물때를 놓치지 말고
행운의 운때를 잡아라.

나의 날씨

해 뜨는 날씨일까?
구름이 낀 날씨일까?
비가 오는 날씨일까?
바람 부는 날씨일까?
눈이 오는 날씨일까?

변화무상 날씨
내 기분이구나

굽이굽이 인생길
평지 길까지 왔는데

다 다른 날씨 속에서
북두칠성을 바라보네.

노을빛 뒤뜰에서
황혼빛 바라보며

오늘 건강하게

행복하게 살리라

비

소리 없이 비가 내린다.
이슬비가
옷깃 적시며 내린다.

소리 치며 비가 내린다.
뇌성 치며 비가
뚝 무너지며 내린다.

슬픈 날
가슴 아픈
슬픈 눈물이 흐른다.

기쁜 날
가슴 벅찬
기쁜 눈물이 흐른다.

슬프나 기쁘나!
넘쳐흐르면
폭풍이 오고
재앙 속으로 사라진다.

신축년 소의 해

늘 푸른 소나무길
하늘의 뜻을 간다.

가다 보면 토끼는 사라지고
천천히 가는 거북이 보인다.

소가는 길에
인내와 끈기 속에
여유가 생겨

늘 푸른 소나무와 같이
건강한 백 년을 바라본다.

물고기들

물정 모르고 물어
물살 출렁거리며
손맛에 떠 오른다.

입 끼었으니
발버둥 치지 말고
가는 길 가거라

너 하는 짓
누가 대신하나!
너 몸으로 책임지는 것

삶의 철학 없이는
언젠간
입 끼인다.

슬픔을 잊어야지

좋은 일은 뇌리를 떠나 네
가물가물
지우개가 빨리도 지웠구나.

슬픈 일은 뇌리를 맴돌며
숨었다가
열 받으며 빨리도 떠 오른다.

흘러간 세월 속에
지나간 일들인데
가슴속에 묻고 사는구나!

뒷동산 진달래꽃
엊그제 같은데
숫자만 많아졌네.

슬픔을 지우려고
추억의 산으로 가니
산바람이
슬픔도 나이도
날려 주는구나!

하는 일

자연 속에서는
봄, 여름, 가을, 겨울
하는 일이 다 다른데

지금 세상은
계절 없이
하는 일이 똑같으니

지루하고 재미없겠구나.

인생사
젊을 때 하는 일
중년 때 하는 일
놀 때 하는 일
하는 일이 다 다른데

오늘은
산천과 친한 일
하고 있으니
오늘과 내일이 다 좋구나.

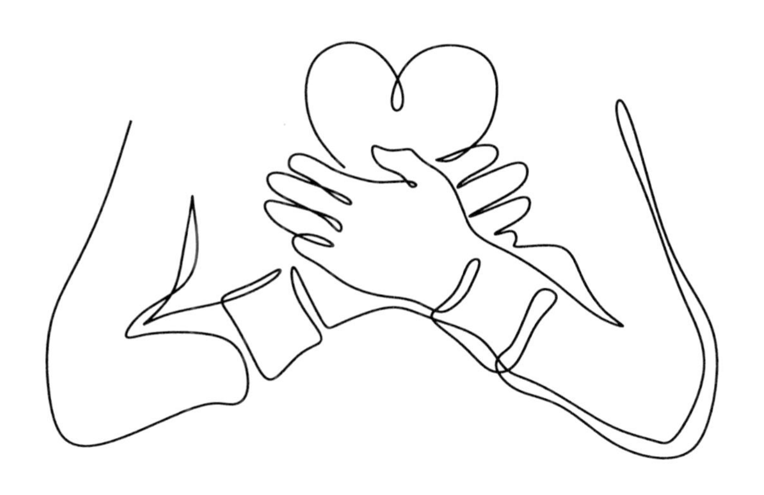

태풍

태풍을 피할 수 있나!
오기 전에 대비하는 것

나에게 오는 태풍
손, 입, 코로 피하자

냉정하게 떨어져
고독의 시간 속에
홀로 나를 지키자

태풍을 이기는 것은
지나갈 때까지
오늘도 내일도 기다리는 것

세상사
건강 없이는 못 살아!

한 발짝 늦는 것이

운동장에서 노는 것을 보니
철봉 잡고 개구리 춤추고
축구공 차며 넘어지고
그 시절 생각이 난다.

나이를 지워버린다.

새싹들의 생동감이
눈으로 들어와 나이를 지운다.

한 걸음 늦게 가는 것이
나이를 까먹고

한 발짝 늦는 것이
나이를 멈추게 한다.

불타는 꽃

연분홍 설렘이 봄을 부르더니
눈물 한번 흘리더니 바람 따라 가버리고

푸른 눈물은 강으로 흘러가는데
붉은 양귀비꽃은 불타오른다.

꽃 물결에
가두어 있어.
계절은 색깔을 바꾸어도
푸른빛은 푸르다.

자, 자, 자 이어지는 여인들
양귀비꽃 무슨 인연일까?

어제와 오늘

앙상한 나무

늘 변화하는데
바라보는 이
오늘도 어제 같구나.

변화 없는 세상살이
오늘은 어제

활기찬 눈은
오늘이 아름답네.

새롭게 보는 눈은
재미있는 세상을 본다.
십일월 단풍

십일월 짙은 가을

나뭇잎 붉은 미소

떠나려나

억새 바람
떠나려나

낙엽
뿌리 감싸며

새싹
기다리란다.

나무는 뿌리로 산다

뿌리는 보이지 않지만
빛, 물, 양식 있어야 산다.

나무는 권력
뿌리는 국민

나무가 풍파에 시달리면
뿌리가 살린다.

물 안 주면 뿌리는 마르고
나무는 죽는다.

단풍 세월

파란색으로 살다가
찬 바람이 불어오니
따사한 단풍잎
가을을 알린다.

고운 색 마음 설레는데
또 한세월 바람 따라가는구나!

아름다운 단풍잎
떨어지고 날리고 찢어지고
낙엽이 되어
뿌리 감싸며 새싹 기다린다.

세상 만물은
초록 새싹 오는 날에
나이테를 그린다.

사람 人 백수
천년 木 주목

새롭게 싹트면
빛나게 살더라!

아름다운 걱정

가을바람에 억새꽃
살랑살랑 춤춘다.

아름다운 풍경에
발길이 멈추는데

언제부터인가
꺾어질까 걱정이 앞선다.

실타래 같은 거미줄 걱정
걱정 속에 사는 억새꽃

바람처럼 지나가는 걱정에
억새꽃이 웃는다.

채움 비움

생이 흐르니

감나무 해거리하고
호랑이 배부르면 쉰다.

채움의 욕심
넘쳐흘러도
비움이 없는 생

고뇌 속에
생이 멈춘다.

비운 몸은
상쾌하고 편안하다.

새뜻한 마음으로 산다

아픔이 있어도 범사에 감사한 마음으로 아들과 대화할 수 있는 날을 기다리며, 나날을 새뜻하게 맞이한다. 오늘을 즐겁고 보람있게 산다.

막둥이 아들은 나를 정말로 싫어한다. 대화 자체를 회피한다. 뇌종양으로 병원 생활 십 년 동안에 엄마하고만 동행했다. 병원비 때문에 나는 직장을 다니고 아내는 아들 간호를 했다.

지적장애로, 아버지가 직접 병간호하지 않은 것만 생각되는 것 같다. 무슨 말을 하면 화부터 내니 대화할 수가 없다. 또다시 십 년의 세월이 지나도 말을 걸지 못한다. 언제든 따뜻한 의사소통을 기다리고 있다.

직장의 특수성 때문에 49세에 정년퇴직을 하고 재취업 준비를 하고 있을 때, 고등학교 3학년 아들이 체육 시간에 운동장에서 갑자기 쓰러져 응급으로 병원에 갔는데 뇌종양으로 급하게 뇌수술을 받고 병원 생활이 시작되었다.

처음 당하는 일이라 혼자 있을 때는 눈물이 절로 흐르고, 미친 사람처럼 고함도 지르며 땅도 쳐봐다. 시험 준비를 할 것인가, 아들 병 치료를 할 것인가, 처음에는 망설였는데, 중환자실에 있는 아들의 최초 병원비 영수증을 보고는 선택의 여지가 없었다.

나는 이 세상에 없다는 각오를 하고, 집에서 시험 준비만 했다. 시험 날짜가 가까워지면서 책 내용이 머릿속에 가득히 찬 기분이 들었다. 시험 결과는 대기업 큰 공장의 직장 방호업무직에 합격하였다. 얼마나 기쁜지, 소리치고 울었다.

직장생활 중에 아들의 뇌종양이 재발 되어, 피눈물 나는 병원 생활이 또다시 계속되었다. 뇌수술을 두 번을 하고, 항암치료, 방사선치료, 내분비 치료, 안과 치료 등 말할 수 없는 아픔과 고통을 받았다.

긴 병원 생활을 하는 동안에 머리가 빠지고 손이 떨리며 음식을 못 먹어 몸이 쇠약해져 치료를 중단했다. 몸이 회복되기를 기다릴 때, 나쁜 놈 암은 커가는데 치료를 계속 못 하니 속이 타들어 갔다. 여러 의료진의 의술과 정으로 아들의 병 치료는 십 년 만에 끝났다.

중증 장애 판정을 받고 퇴원했다. 그 당시에는 MRI 등 많은

부분이 의료보험이 안 되어 병원비를 감당하기가 어려웠으나, 친척과 이웃들의 관심과 도움으로 어려움 속에 해결되었다. 머리 수술을 하고도 살았으니 천운이다. 모든 분에게 감사드리며, 도움과 노력으로 해결할 수 없는 것은 운명으로 생각했다.

지금까지는 앞만 보고 살았으니 많은 고생을 한 집사람과 같이 쉬면서 여행도 하고 건강관리 위주로 일 년의 세월을 지 내다보니, 더 무기력해지고 허무함만 남았다.

오랜 병원 생활을 한 아내가 긴장이 풀리면서, 후유증인 불안과 초조, 근심 걱정으로 인하여 '파킨슨병' 진단을 받고 치료에 들어갔다. 아내와 같이 운동하고, 집안일을 한다. 스트레스를 받지 않도록 노력한 결과 삼 년이 지나가고 있는데. 더 나빠지지는 않는다. 늘 기도의 마음으로 살아간다.

여보, 혼자서 너무 고생이 많았소! 아픔이 있을 때 너무 한 곳에 집착하다 보면, 또 다른 한 편이 무너질 수 있다는 것을 뒤늦게 깨달았다. 삶의 길에 어려움이 닥쳐와도 여백의 슬기로운 쉼터가 있어야겠다.

파란만장했던 세월이 지나가고, 십 년 동안의 병 치료를 했던 장애인 아들은 하루 네 시간 근무하는 직장에 취직하여 잘 다니며, 통원치료를 받고 있다. 아내도 치료를 받고 있지만, 가족들이 모든 것을 받아들이고 최선을 다해 간호하고 있다.

인생을 살아가면서 아무리 애써도 맺음을 잘할 수 없는 일, 최선을 다해도 안되는 것은 받아들였다. 범사에 감사한 마음으로 장애인 아들과 아내 나 셋이, 나날을 새뜻하게 열며 오늘을 즐겁고 보람있게 살아가고 있다.

변함없는 슬픈 솔

단풍나무와 솔 나무
다정히 아름다웠다.

단풍나무는
세월 바람에 단풍잎 보내고
희망의 기다림에
새봄을 맞이하는데

솔 나무는
푸름에 잡혀 자랑만 하더니
시도 때도 없이
속은 빨갛게 타들어 간다.

속 태우는 빨강 흔적 감추지 말고
늘 푸를 때
낙엽으로 보내고
새봄을 기다려라.

노을빛 사랑

파란 하늘과 푸른 바다는
수평선에서 만나

잔잔한 물결 속에
황혼빛 사랑을 한다.

황금빛 푸름으로 피어난 사랑은
은은하고 반짝이는 밤으로 간다.

노을빛 아름다운 사랑은
달빛 별빛 속에
숨어서 잠이 든다….

세월을 사는 인생

인생 꽃 세월 나무
상처투성이
흔적을 남기며
한세월이 흘러갔구나

가장 가까운
지울 수 없는 인연
센 물바람에 시달려
아픈 상처만 남겼구나

언제 간
아파질 줄도 모르고
물바람만 사랑하면 산다.

어찌, 상처만 남는가.

흙으로 가는 날까지
지울 수 없는 인연
사랑만 하면 산다.

진달래 꽃 연정

푸른 잎 나기 전에
분홍 꽃 연하게 피어
뒷동산 붉게 물들고
사랑 향기 눈에 피어
그저 임이 좋았는데

기적소리에
연한 꽃잎은 지고

사랑은 흘러갔는데
진달래꽃 가슴속에 숨어 있는지
분홍 꽃 연한 사랑은
푸른 잎이 세월 속에
단풍잎

광교산에
분홍 꽃 피기 시작하면은

마음속에 분홍 꽃 따라 피어
뒷동산의 사랑 추억 끝이 없네

연하디연한 분홍 꽃 어린 사랑이
내 마음속에 살아있는지
연한 사랑을 지울 수가 없구나

반달 여인

꽃 중의 꽃 장미꽃
피고 지는데
신비로운 반달 여인은
꽃바람에 멋이 흐른다.

파란 하늘 아래
무지개보다
멋이 흐르는 빛
아름다운 맵시에
고상하고 세련된
멋 트인 반달 빛

가려진 모습이 보이며
스쳐보아도
어울림이 피는 멋

동그라미 그려가며
생긋 미소 초승달 눈빛
신비로운 반달 여인이 반긴다.

꽃 한 송이 꽃

해님을 보고 비바람 속에
꽃 한 송이 피어
임 만나는 벌 나비 사랑
고맙고 눈물겨워서
사랑 꽃피었네

꽃 한 송이 예쁘게
피우기 위해 무엇을 할까?

매일 피는 꽃 한 송이
오늘은 무슨 색 꽃필까?

매일 보아도 기분 좋은 꽃

보기만 해도
기분 좋은 꽃 한 송이 꽃

오늘도 피는 꽃
나비처럼 만나도 행복하네

수원e 뉴스 으뜸 기자

시가 너무 어려워
쉬었다 가려나

압축을 풀고
에세이로 간다.

벌써 200 뉴스 넘었으니
시냇물 길 지나 바다로 가려나

언제 집으로 갈 날 보이지 않아
나그넷길이 길어지다.

가시의 향기

아름답기 끝없는 장미
꺾어 모아 백 송이 사랑 전하니
사랑정이 흐른다.

빨강 예쁜 장미꽃
가시가 지켜
조심스레 다가가도
빨강 피가 적신다.

바라보기만 해도
가슴 깊이
사랑정이 흐른다.

단풍 세월

파란색으로 살다가
찬 바람이 불어오니
따사한 단풍잎
가을을 알린다.

고운 색 마음 설레는데
또 한세월 바람 따라가는구나!

아름다운 단풍잎
떨어지고 날리고 찢어지고
낙엽이 되어
뿌리 감싸며 새싹 기다린다.

세상 만물은
초록 새싹 오는 날에
나이테를 그린다.

사람 人 백수
천년 木 주목

새롭게 싹트면
빛나게 살더라!

아름다운 걱정

가을바람에 억새꽃
살랑살랑 춤춘다.

아름다운 풍경에
발길이 멈추는데
언제부터인가
꺾어질까 걱정이 앞선다.

실타래 같은 거미줄 걱정
걱정 속에 사는 억새꽃

바람처럼 지나가는 걱정에
억새꽃이 웃는다.

뿌리 권력

뿌리와 나무는 한 몸

뿌리는 보이지 않지만
물과 양식 있어야 산다.

나무는 권력
뿌리는 국민

나무는 풍파에 시달려도
뿌리 없이 못 살아

물 안 주면 뿌리는 마르고
나무는 죽는다.

나의 길

나를 모르고 살았던
정 못 들었던 길
불혹의 나이가 들어서야 떠나네

희망도 있었고 애환도 있었지!
나를 힘들게 하며 살았지!

이제
내가 아는 길 찾았다.
새 신을 신고 가면 아프겠지!
그래도
보람 있는 마음이 편한 길을 걷는다.

나의 길 찾아 사십 년 세월에
새로운 길 찾았으니
근심·걱정 없이 살련다.

마음 편하게

길 가다 보니 삼거리
이리 갈까? 저리 갈까?
망설이다가
남 따른 길을 왔다.

마음에 편하지 않은 길
많이 와서야!
새길을 찾았다.

운율이 있는 음악의 길
마음이 편하고 보람 있는 길
새 신 신고 간다.

분홍 백합꽃

푸른 잎으로 만난 백합꽃
하얀 백합이라고 불렀는데

어느 날
분홍 백합꽃이 피었네

속마음 피어나니
잘못 알았네

뒤늦어
분홍 꽃으로 살아 간다.

핸드폰 세상

전화 문자는 옛날이야기
과거사는 온데간데없네

손이 힘들어도 눈이 아파도
떠나지 않는 핸드폰

영화 한 편 보며
얻는 것 잃은 것
어디에 있는가?

훗날의 생길 일에
걱정은 없네

법 없이 사는 세상

법 모르는 자
법 무섭지만

법 아는 자
법대로 하란다.

법 없이 사는 자
법 앞에 공평은 없다.

말 그릇

친한줄 알고
속마음 털었더니

작은 그릇 깨지고 넘쳐
천둥소리 들린다.

말은
친한 말이 없구나

언행일치

말은 바람
행동은 거름

말은 빨강불
행동은 파랑불
말과 행동은 조심

행동은
희망의 초생달

순간 생

사람 무서운줄 모르고
달라 붙었다가
하루살이가 순간 생되었네

자리잘못 잡아다가
하루도 못 살고 간다.

지구 무서운줄 모르고
열 받게하니

불 폭탄, 물 폭탄, 바람 폭탄
날리니
순간 생 따라간다.

지구 열 받았으니
사는자리 가는길
친환경으로 살아라